シリーズ自句自解Ⅱ　ベスト100

JikuJikai series 2 Best 100 of Hiroshi Oomaki

大牧広

ふらんす堂

目次

シリーズ自句自解Ⅱベスト100　大牧　広

遠い日の雲呼ぶための夏帽子

1

「遠い日」「夏帽子」奥行きのある語だが、この俳句は戦中の映画のポスターの記憶から発想している。「決戦の大空へ」という題名の戦意昂揚映画で当時の無垢な青少年を戦場へと誘いこむ映画だった。

主演は原節子、真青な空を背景にした構図で若者の無垢な心情をかき立てる磁力があった。（『父寂び』昭和46年）

もう母を擲たなくなりし父の夏

2

父は短気で、兄によると父は激しく母を打ったという。「おふくろの額に火箸を刺した場を見た」、と今は亡い長兄の言葉が耳に残っている。そんな父だったが、晩年糖尿病を患って、ほぼ一日うつろな眼差しで天井を見つめて横になっていた。母はそんな父を疎む眼で父に接していた。父が煙草が吸いたいと言ったので姉が煙草を唇に当てた。父は軽く吸ってそのまま逝った。

（『父寂び』昭和49年）

転轍機支線を冬へ切り替へぬ

3

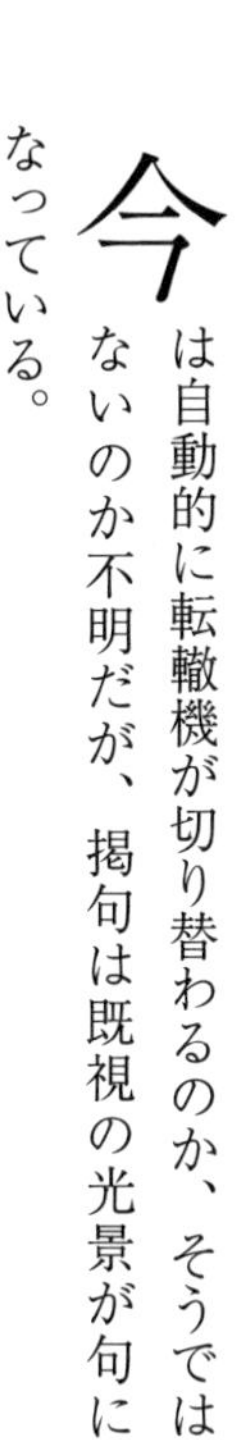

今は自動的に転轍機が切り替わるのか、そうではないのか不明だが、掲句は既視の光景が句になっている。

秋の終りの粛々とした鉄路。鉄道員が無言で転轍機を切り替えて無言で去ってゆく。人の居なくなった鉄路に、ただ秋の終の風が吹いていた。

ディジャブを掘り起こすとこうした文になる。知らぬ人から共感の葉書を頂いた句である。（『父寂び』昭和53年）

氷店無声映画のごとき照り

4

戦中の体験が述べられている。まだ敗色のそれほど濃くない昭和17年の夏頃のことだった。
男の人達は次々と召集されて、町はしんかんとしていた。店屋はまだ営業する力を持っていて少年の私は「スイ」というシロップだけのかき氷を食べていた筈だった。しんとした戦中の午後のたたずまいが、未だに記憶にのこっている。

（『父寂び』昭和55年）

おのれには冬の灯妻には一家の灯

5

冬の灯というのは内向きでさびしい。男はそのさびしさを敏感に察知するが、妻にとっては一家の生活を支える一家の灯、という認識を詠んだ。「一家の灯」の「一家」は、私と妻と女児二人、計四人だった。その一家を支えた妻も老い、私同様八十も半ばを過ぎた四肢が反乱を起しているようだ。

（『父寂び』昭和56年）

校庭に映画はじまるまでの蟬

6

現在はよく知らないが、夏に「納涼」を目的として校庭に大きなスクリーンを張って映画会が開かれた。

まだ夏の明るさの残る校庭へぞくぞくと人が集まる。暮色が迫る刻、今まで鳴いていた蟬がぴたりと止む。やがて校庭に張られたスクリーンに原節子の顔が映り、時々風が出て、原節子の顔が歪むのだった。

（『某日』昭和56年）

夜学生煌々と幾何学びをり

7

JR線の「御茶ノ水」だか「飯田橋」でひらめいて成った句である。

○○ゼミナール、○○予備校等の灯が深夜になっても灯っている。あの煌々とした灯りの下で学ぶのは何の科目だろう。国文系では感覚的に合わない。煌々とした灯の下で学ぶのは理数系が感覚的に合う。で、掲句になった次第である。

（『某日』昭和57年）

こんなにもさびしいと知る立泳ぎ

8

この句の「立泳ぎ」は、沖遠く、海岸がはるかに見える距離での立泳ぎでなければならないであろう。

立泳ぎをしながら改めて四囲を見渡す。すると四囲は波と空ばかり、さっきまで櫓音を軋ませていた舟も見えなくなっている。

「天涯孤独」、立泳ぎをしながらつくづくとその思いを味わっていた。

（『某日』昭和58年）

新社員と同紺の服それでよし

9

勤めていた信用金庫では制服が与えられた。濃紺の個性を否定したような服、古参職員も新入職員も同じ色の服となる。
「それでよし」は、いくらか自嘲的な味があるが、勤め自体がすこしも好きでなかった心が「それでよし」で括られている。生活を守るために働いていた当時の心境である。

(『某日』昭和61年)

老人に前歩かれし日の盛り

10

この句を自解している私がまぎれもなき老人となっている。

三十年以上も前に詠んで句会に出したが、師の能村登四郎は「おもしろいね」と言ってくれた覚えがある。

今や私は八十六歳の立派な老人になって、杖を使って歩き能村登四郎先生は彼岸の人になっている。

つくづくと歳月を思っている。

（『某日』昭和61年）

つながれし舟荒みをり仏生会

11

この句、「沖」時代に詠んだ千葉の飯岡辺りの嘱目句である。

人が乗って沖へ出るでもなく、葭の茂みに無意味に揺れていた舟を、そのときの私の気分にかぶせて「舟荒みをり」と述べたと思っている。

「仏生会」は、そんな舟の気持をやわらげたいと思っての季語であったかもしれない。

（『某日』昭和62年）

春の海まつすぐ行けば見える筈

12

平成元年4月に「港」を創刊した。

創刊した以上、周りの声はどうあれ、無事に進んで行かなければならない。決して皆に祝福されての創刊ではなかったが、それ故に私は意地として成功させよう。それを心に誓ったのである。

あの日から三十年経った。春の海は、しずかに「港」と大牧広を見守っていてくれると思っている。

（『午後』平成元年）

秋風の大牧の地につひに立つ

13

富山県に大牧温泉がある。平家の落武者が、いくさの傷を大牧温泉の湯で治した、と言われている秘境の湯治場である。

その大牧温泉を、はじめて訪れた時の感動は忘れられない。自身の血脈とどこかつながっているような感動があった。栈橋に降り立った時、すでに冬を告げる風が庄川の上を渉っていた。

（『午後』平成２年）

股引を穿くきつかけは訃報なり

14

初冬のある日、句会へ行く支度をしていると訃報が届いた。そのことを予感していただけに「ああやはり」という思いが強かった。

それでも身心の「ざわめき」は治まらない。せめて身を暖かくしよう。で、すててこから股引にかえたのである。すると、身心が落ちついてきた。

これだけ小心な男だから、ある句会でこの句を黒板に書かれて講義をされたのには気恥しかった。

（『午後』平成2年）

懐手解くべし海は真青なり

15

「懐手」は、内省的に見え人をよせつけない雰囲気をただよわす。要するに明るくないのである。

この句、大牧さんの転機を示す句、と言われた。思えばこれまでは決して明るくない私の句ばかりだった。自分を促しているこの句は、「港」が軌道に乗りはじめて愁眉をすこし開いたという気持が詠ませた句。「海」はやはり心を明るくする。

(『午後』平成2年)

あまりにも波打際を遍路行く

16

この俳句の発想の原点は映画『砂の器』である。松本清張の原作で野村芳太郎がメガホンをとっている。

零落した遍路の父と子が波打際を歩いている逆光のシーン。沈んでゆく夕日に波が立ち騒いでいるシーン。その鮮烈な印象が掲句にこめられている。

襲ってくるように打ち寄せる波のそばを遍路の親子がゆく、その姿を忘れないでいる。

（『午後』平成3年）

日本の負けいそぐとき卒業す

17

七十余年も経つと、正式に卒業式があって卒業をしたのか霞がかかったようにはっきりとしない。学徒動員で、兵隊さん達の雑用係をやっており、それも空襲警報が鳴ると家に帰されたりで、卒業式全体が何か判然としない。嘘のような本当である。

その中で、はっきり記憶にあるのは、日本がいよいよ駄目らしいというおとな達のひそひそ声である。

（『午後』平成3年）

目刺より抜く一本のつよき藁

18

目刺しは母の好物だった。目刺しさえあれば、おかずは何もいらない、が母の口癖だった。

昔の目刺しはしっかりとした藁一本を通して連ねられていたが今はそうなのだろうか。とにかく目刺しに通している藁は、その使命を果すかのように丈夫だった。意志的にさえ見えた。そして、その藁につらぬかれた目刺しは旨い。母の血を継いでいるのだろう。

（『午後』平成４年）

雲ながれゐて原爆忌きのふ

19

日本に世界ではじめての原子爆弾が広島と長崎に落とされた。二十万人の命が一瞬に奪われたのである。

そうした惨劇の日もふっと忘れることがある。四十七年前の昨日原子爆弾が落されたのだ、胸中呟きながら空を仰ぐ。初秋の空は青かったが、さみしげな雲がしずかに流れている。「原爆忌きのふ」の「昨日」は、一瞬のうちに消された人の命の「きのふ」である。

（『午後』平成４年）

ゆくさきは風ばかりなる秋遍路

20

遍路の体験は無い。ただ頭で想う遍路の姿は決して明るくない。旅に出て観光バスに乗って、バスの中から見る遍路は、やはり車を避けるように道端を、とぼとぼと歩いている姿である。思い過ごしかもしれないが、世を避けるように歩いてゆく。

まして、秋を告げる風が街道を吹き過ぎてゆく季節ともなれば、ただ風だけが遍路をつつんでいるように見える。

（『午後』平成4年）

仮の世と思へば祭さへも仮

21

宗教的なことは何ひとつ具体的に書けないが、いま生きている世が仮の世とする思いには、死の恐怖から得る仮説として、同調したい気持になっている。

だから、あの人々が活気に酔い痴れる祭でさえも「仮」の姿であると述べたのである。

なにやら深遠で抹香臭い仕立になったが、すこし深く考えると、あの熱っぽい祭は、現世を忘れるためのものに見えてくる。


（『午後』平成5年）

煮凝にするどき骨のありにけり

22

煮

魚などが冬の一夜を越すと「煮凝」となる。

その煮凝にするどい刃のような骨があった。ただそれだけのことだが「するどき骨」に表現のアクセントを与えた。われわれになじみの口あたりのよい食物にも現世の骨・刃、があるということを詠んでみたかった。

凝った魚肉に刃のような骨、その対照を出してみたかったのである。


（『午後』平成6年）

武者人形の目のすずしさに目を外らす

23

武者人形はおおかたは若武者で、天の邪鬼の私は鬢の白くなった風格のある武者人形もあってもいいと思っているが到底無理なのであろう。

とにかく武者人形は目が涼しくて凜々しいので、その人形を見て自然に目を逸らしている自分に気づく。

（『午後』平成6年）

老鶯の緑一色しか知らず

24

「港」の同人総会を大牧温泉で行った。大牧温泉は富山県の庄川沿いに旅館があって、小牧ダムから船で、その旅館へと行く。

たしか初夏にたずねたと思う。庄川の濃い木立の中から鶯の声がしきりに聞こえてきた。

あの鶯はきっとこの鬱蒼とした緑しか知らないのではないか。船中でそう思っていた。

（『午後』平成6年）

帝劇の灯を借りてゐし焼芋屋

25

東京丸の内の壕に面して帝国劇場は在る。まさに東京の核を思わせる重厚なたたずまいを見せている。

その帝劇の灯を借りるようにして焼芋屋の車が在った。何かの会の帰途その店が目に入ったのだが、重厚な帝劇とちいさな焼芋屋の行商の車、その対照が目に残っていた。

（『午後』平成7年）

麦藁帽ひとつぐらゐは雲欲しき

26

麦藁帽は単に牧歌調の帽子と言うより私には遠く過ぎ去った何かをいとおしむ証しのような帽子として在る。

青い空、流れゆく雲、そしていくらかの流離感、たとえば山頭火が行乞の折冠っていた菅笠、そうした感慨を麦藁帽はもたらすのである。その麦藁帽をかぶって空を仰ぐと、真青な空、雲ひとつ無いことが空虚感をもたらす。ひとつでいいから白雲がほしい。

（『昭和一桁』平成7年）

一茶忌のべとついてゐる薬酒壜

27

「薬酒壜」、たとえば養命酒、あの薬酒は糖分のようなものが壜の口に白く固まって残る。

一茶の生涯を思うとき、薬酒壜のべとつきはイメージとして成立するのではないか、そのような思いで一句を成立させたのだが、すこし俗に入りすぎたであろうか。

とまれ一茶の決して健康的ではなかった一生を、薬酒壜に託して詠んだ。

（『昭和一桁』平成8年）

昼寝覚孤島のやうに雨降りし

28

昼寝から覚めたときの、あの感じ、身の疲れはとれたとしても砂を嚙むような疎外感が心を締めつける。夏の雨が降ったりしていると尚更のことである。この地球上に我ひとり、こんな空しさに襲われる。

所詮生まれるときも逝くときもひとり、そんな思いが心を責めるのである。

（『昭和一桁』平成10年）

紹羽織の父の凜々しさ姉は言ふ

29

この姉は長姉。私は生まれては居ず家業が盛んだった頃である。

紹羽織を着てカンカン帽を冠った姿はみごとだった、という言葉が耳に残っていて、この句に至ったのである。姉にこう言わしめたほど、他の家の貧窮は激しかった、とも想像できる。とまれ、カンカン帽に紹羽織という恰好は、日本人ならではの「完成された風俗」と言えようか。

（『昭和一桁』平成10年）

浅草のかくも西日の似合ふバー

30

浅草は独特の雰囲気を持っている町で、あの町に着くと、わが家へ帰るような、懐しさ楽しさにつつまれる。

掲句の浅草は、浅草のどの辺りか具体的に書けない。浅草の端としか言えない。それと言うのも浅草は浅草、こんな絶対的な概念が胸を占めているからである。

とにかく、そのバーは荒んだ趣きがあって鉢植のアロエが乾いて喘いでいるようだった。

（『昭和一桁』平成10年）

夏景色とはB29を仰ぎし景

31

日本を空襲するためのＢ29が、昭和19年頃から制空権をアメリカに奪われた日本の空を悠々と銀色の翼を見せて翔んでいた。その頃の日本の都市のおおかたは空襲を受けており日本に空は無くなっていた。
小学五年か六年生の私はＢ29の銀色に光った胴体を羨しく美しいと思っていた。泥に汚れた中学生の私は、その時戦争の凄惨さを忘れていた。

（『昭和一桁』平成11年）

炭はねし朝や大本営発表

32

昭和16年12月8日、ラジオはいっせいに「大本営発表」を報じた。小学校（戦中は国民学校とされた）四年か五年かはっきりしていないが、とにかく大変なことが起きたという空気が日本国全体を占めていた。

あのヒステリックな軍人の声は、悲鳴のように聞こえ、今考えると、すでに日本国の末路を思わせる声であった。

（『昭和一桁』平成13年）

夏負けは海にもありて白しぶき

33

晩夏の海は白波が増えている。渚に寄せてくる波も気怠く青い波が白波に変っていて、人間で言う「夏負け」のように見える。

そうした白波が絶えず岸を侵すように打ちつづける。晩夏は気怠い。つまり人間も自然も同じ心を持つものであることをつくづくと思う。

（『風の突堤』平成13年）

ひそひそと雲集まりし終戦日

34

七十余年前の太平洋戦争の敗北は広島と長崎に落とされた原子爆弾によって決定づけられた。

当時は「新型爆弾」などと呼ばれて、核による爆弾であることは隠されていた。

それでも市井の「おとな達」は、ひそひそと、その恐しい核分裂による放射能の被害をささやき合っていたと思う。ささやき合ってというのは、町会長や隣人が当局のスパイを兼ねていたからである。掲句は終戦日の何とも言えぬ雰囲気を出すために「ひそひそと雲集まりし」の措辞になった。

（『颪の突堤』平成13年）

突堤の果ては果てとし夏終る

35

突堤という場所は実に孤独に見える。陸からぐんと海へ突き出している突堤、その先は果てしない海と空があるばかりである。

それでも突堤はひたすら海へと突き出している。晴の日も嵐の日も殆んど耐えるようにして海へ身を投げ出している。

そんな突堤の景色にも夏の終りが来る。後は秋が来て冬となる。それでも突堤は突堤のまま海へ突き出して波浪の洗礼を受けている。その姿に惹かれている。

（『風の突堤』平成13年）

香水売場の青白き売子たち

36

香水売場は殆んどデパートの一階にある。よい香りが来場者を心地よくさせるための配置であろう。

で、当然その売場には「きれい」な人が当たっている。「青白き売子」とは、その香りと照明方法もなにかゆらゆらとした感じで深海を思わすような美女が当たっている景。シュールな感じを出したかった。

(『颪の突堤』平成13年)

やや長き外套着ればダダになる

37

「ダダ」は「ダダイズム」の略。形式的な芸術に反抗する主義。

既製オーバーを買ったが、普通より長かった経験からこの句ができた。そのオーバーを下からすくい上げるように見た女流俳人の目を忘れられない。

結局その長いオーバーを寿命がくるまで着た。あの視線をしかと覚えながらである。

（『風の突堤』平成13年）

多喜二忌のがつんと貨車の結ばれし

38

電車と電車がつながれる音、あの音は妙に大きくひびく。騒がしい都会の中でも「おや」と思わせる音を出す。

「連結音」、という言葉が正しいかどうか不明だが、あの音は決して不愉快ではない。

建設的な音とも思える。貨車と貨車が結ばれる、しかも「がつうん」と大きな音を立てて。すこし常識的な感のあるにはあるが、どうしても一句にしておきたかった。


（『風の突堤』平成14年）

種物屋賢虚のやうなあるじ置き

39

「腎虚」は、心労や過淫による強度の心身衰弱症、と辞書にある。

花種などは、今ではきびきびとした若い人が売っているが、昔はイメージとして現役を退いた人がぼんやりとした表情で奥の方で客を待っているという姿が在った。「種物屋」「腎虚」、この日本語の微妙なとり合わせを意識して詠んだが、その意味を汲んでほしいと思っている。

（『凮の突堤』平成14年）

特攻を詠みすぎし夏病みにけり

40

平成14年に知覧の「特攻平和会館」を訪ねた。敗色の濃くなりはじめた日本では紙も乏しくなって、特攻隊員が新聞紙に遺書を書いて死地へ赴いた、その遺書などを見た。「大牧先生が隅で涙をぬぐっている」弟子の囁く声も耳に入った。知覧の旅は、体調が悪く鬱々とした旅だったが、果して帰宅後に大腸癌を発症して五十日余りを療養した。ベッドの上を机代りにして「港」の欠号は出さなかった。

（『凪の突堤』平成14年）

われが過せし病棟すでに冬夕焼

41

大腸癌手術のため大学病院の六階に六週間程過した。ベッドから起きられるようになると休憩室や病室の窓から「外界」を見渡していた。大田区の一隅の雑然とした町並を見下していた。それも持ちこんだ仕事の合間のことだが。仕事の行き帰りに、その病院の前をバスで通ると、病院六階の私が入院していた六階の辺りに目をやる。さむざむとあかあかとした冬夕焼の日を浴びている。

(『風の突堤』平成14年)

吾の無き書斎思へば春夕焼

42

私の仕事場は昔風に言えば四畳半位の大きさである。その部屋にやや不似合な大きな机、片面が本棚と雑誌棚、それが狭いのか広いのか判断できない。ところでこの頃ふと思うのは、私の居なくなった時である。いつも背を曲げて仕事をしていた部屋、残った家族はふっと背を曲げて仕事をしている姿を思うかもしれない。

（『凪の突堤』平成15年）

泥つきし苗札の顔拭いてやる

43

ベランダにいくつかの鉢を置いて花や苗類の成長を楽しんでいる。風の吹きようで、ちいさな苗札に泥がついていることがある。私はかがんで苗札を拭う。そんな些細なことで、次の仕事へとめりはりがつく。
　この齢ではもう土や鉢をどうこうできない。が、おもしろいことにそんな仕草の後はペンがなめらかに進む。

（『冬の駅』平成15年）

雑踏のしづかな怖さテロの春

44

テロ、こうしたことは中東の国の内情の定まらぬゆえの事件と思っていたが、この日本国にも深いかかわりがあることを知った。

テロで殺されるのは罪のない一般国民である。ふだん公の場でさまざまな発言をしている人は、しっかりと守られて命を落とすこともない。

都会の雑踏が、今までに無く怖い。テロリストはふだんの生活では、ふだんの恰好をしているからである。

（『冬の駅』平成15年）

山蟻も生きてゐるゆゑ右往左往

45

伊豆山中での発見を詠んだ句。海の見える場所で弁当を食べた。山頂に近く夏というのに風は涼しかった。石の卓に石の椅子、ふと気がつくと人間の気配を察してか大きな山蟻が足許に寄ってきている。ためしに飯粒を落すと奪い合うようにしてどこかへ運んでゆく。取りそこねた蟻はそれこそ右往左往して足許から離れない。蟻達の必死の思いを感じた。

（『冬の駅』平成16年）

エレベーターに人が棒立ち冬の底

46

マンションの通勤時間帯のエレベーターはサラリーマンで一杯になる。ごみを捨てようとして乗った老人の私は当然異分子となる。

そんなエレベーターに乗っているサラリーマンの男女は無表情、私より背の高い人ばかりで下に着くまでの時間が長い。真冬の底で棒のような人達、当然愉快ではない。何十年も前、私もこうした無表情の中のひとりだったのである。

（『冬の駅』平成17年）

パリ映されて大寒波来るといふ

47

テレビの天気予報で気のつくのは、時々パリやロンドンの街のたたずまいが映されていることだ。外国人が襟を立てて寒げに歩いている画面を背景にして、大寒波が来ますなどと放送されると、そうだろう、と納得する。それも背の高い異国の人が寒げに足早に歩いている風景がそう納得させるのだ。

詩的なひろがりと言えようか。

（『冬の駅』平成18年）

咳さへも正しく芸術院会員

48

「芸術院会員」は、私とはまるでフィールドのちがう場の人で、殆んど想像で詠む以外に方法がなく、このようなものだろうとした推論で一句にした。
その方は、咳さえも正しくきちんとするのかもしれない、という公式的な僻みで発想したもので全く他意はない。

（『冬の駅』平成18年）

朽ちるため栈橋はあり実千両

49

桟

橋には妙に思いをそそるものがある。艶歌に通じる情緒的な装置と書いてもよいかもしれない。

実際に艶歌の歌詞の中に「港」「桟橋」「北国」「別れ」などきまり文句がある。それはそれとして、そんな哀しみのイメージとは反対側の「実千両」を当てて、めりはりをつけた記憶がある。あの無垢な「赤」を配することによって印象をつよくした。

（『冬の駅』平成18年）

成功者と晩夏の海と似てゐたる

50

「成功者の背中はひどくさびしい」こうしたイメージの小説だかエッセイを読んだことがあって、その記憶が下敷きになってできた句である。「晩夏の海」には、表現しがたい淋しさがある。晩夏は滅びの心とイコールする。また人の背中は、その人の歴史をも物語っている。隠しようがないのだ。

（『冬の駅』平成18年）

曼珠沙華在来線のために咲く

51

「在来線」という言葉は、字義通りである。前から「在った」線、別して言えば急速に進歩している鉄道に取りのこされた感の鉄路と言えよう。
その在来線を励ますように曼珠沙華が咲いている。曼珠沙華は決して自己主張する花ではない。むしろ人間の勝手な意味づけをされても堂々と咲いている。

（『冬の駅』平成18年）

世に疲れゐし人が箱庭つくるなり

52

「箱庭」はおとなの夢を叶える細工である。山を作り川を作り池もつくる。国をつくるというわくわくとした気持に浸れる。

それもこれも現実の生活の決りきった生活の枠を破りたい、そんな願望が「箱庭」という制作へと行動させるのであろう。

そしてささやかな世界を築いた達成感で再びおとなは戦いの場に出てゆく。


（『冬の駅』平成19年）

蝗食べしは六十余年前朦朧

53

蝗を食べたのはたしか戦中。食べ物が欠乏して、いわゆる蛋白質などの栄養がとれないので、父と姉と三人で今は住宅地になっている稲畑にひそんでいる蝗を採って食べた。

その味は決して旨いとは言えず草の味がした。そんなこんなもまだ本土空襲が始まっていなかった日のこと。だから記憶が朦朧となっている。それでもあの草の匂いの蝗の煮付けを食べたのはたしかである。

（『冬の駅』平成19年）

岬にて颯爽と風邪ひきにけり

54

岬は希望と未来を思わせる場所である。潮風と太陽、水平線を進む船、すべてメジャーな景色である。

その岬で風邪をひいてしまった。屋外でこうしたメジャーな景色を長時間眺めるには、もう年をとりすぎているのである。

口惜しいから「颯爽」という言葉を使ってみた。詩的に成功したようで、この句には愛着を持っている。

（『冬の駅』平成19年）

洞窟に似し一流の毛皮店

55

銀座辺りを歩いていると外資系の店ばかりでたじろいでしまう。

その中で、照明を落した店があり毛皮店だった。外から見たその店は、うす暗くスポットライトが商品を照していた。

洞窟、そう思った。なまじの人の入店を許さない雰囲気を外から感じた。

全く縁のない店だったが、世をこばむような雰囲気をたたえた店だった。


（『冬の駅』平成20年）

ヨットレースの海にねむりし特攻機

56

紺

碧の海、はるかな水平線、ヨットレースがひらかれている。

平和そのものの行事だが、この海の底には特攻機がしずかに眠っている。七十余年を経て、かつて殺戮の海だったのが、今は平和なヨットレースの海に変っている。

平和がいいことは勿論だが、かつてこの海にかけがえのない若者の命が奪われたことは忘れてはなるまい。

（『冬の駅』平成20年）

内戦国の子供の泪冬太陽

57

この内戦国は中東辺りで、難民の子供を思って詠んだ。

その子のつぶらな瞳にためている泪、何かを訴えている泪。その表情を冬日がさんさんと照している。悲しみを最大限にひろげたその表情は、忌わしい内戦・いくさの残酷さを訴えている。忘れ得ない記事と写真であった。

（『大森海岸』平成20年）

雪霏々と松井須磨子を語りし母

58

母はよく若い日に見た松井須磨子を語っていた。「マイクロフォンが無くても声はよく通ってなあ」と呟いていた。その呟きは夜眠るときだった。
母は世渡りの上手でない父に尽して父の最後をみとった。そのときの母は、若かった日を懐しむような遠いまなざしをしていた。「カチューシャかわいや別れのつらさ」母はこの唄をくちずさみながら昔を偲んでいた。

(『大森海岸』平成20年)

冷麦を数回すすりどつと老ゆ

59

冷麦は私にとってまことに儚い食物である。夏の暑い日など口当りのよい食物なので、ものの数分で食べ終ってしまう。

それだけにかえって美食の美学というものを感じているが、やはり儚い食物であることは変りない。そんな気持の相克が「どつと老ゆ」という表現になっている。が、冷麦は美しい食物であることは確かである。

（『大森海岸』平成21年）

すててこや鉄が国家でありし頃

60

「すててこ」は昭和の下着と言われているが柄物が出て、又女性用が出たりして、いわば、しぶとく愛されている下着である。

掲句の「すててこ」は、まさに昭和の「すててこ」で働き盛りの男達には欠かせぬものだった。その確固とした愛着が「鉄は国家なり」の硬派メッセージとむすびつくのであろう。

（『大森海岸』平成21年）

敗戦日朝は黙つて来てをりし

61

「敗戦日」、昭和20年8月15日、戦争を経験した人であったら忘れることのできない日である。

何十回目かの敗戦忌、八月の朝はふつうの光をまとって来ていた。時代がどんどん変っても日本が敗けたその日は黙って来る。何十回も民主主義は再確認されている。

（『大森海岸』平成21年）

するすると蓑虫降りてくる世間

62

「世間」によって俳味をもたらしたつもりである。いわば「孤高」の蓑虫がするすると「世間」へ降りてくる。

世間に降りてきたにしても何もある訳ではない。自由を縛る「決まり」があるだけである。

けれども蓑虫は世間を期待するかのように地上へ降りてくる。蓑虫の失望が目に見えている。

（『大森海岸』平成21年）

冬麗は冬麗のまま暮れてゆく

63

珠のような冬麗の一日、人の心も丸くなって日射しはやわらかい。そうした一日が暮れてゆく。冬麗の日は一日幸福感につつまれる。その幸福感が壊されることなく夜へと入ってゆく。満ち足りた日がそのまま終る。これ以上の充足感があるだろうか。

（『大森海岸』平成22年）

草餅の蓬にもどりたき香り

64

スーパー等で買う草餅は、甘いことは甘いが、本当に蓬で作ったのかと思うほど蓬の香りがしない。あたりまえだと言われるような草餅への感想だが、それは郷愁とも思っている。

食べられている草餅は、私は本来蓬でつくられるのです、どうか本物の草餅を食べてください、と訴えているようだ。私も本当の素朴な草餅を食べてみたい。そう思っている。

（『大森海岸』平成22年）

端居せし父はまとひし明治の闇

65

父は明治22年生まれ。昭和21年に糖尿病で五十九歳の生涯を終えた。

晩年は、不遇でバラック建ての家の隅で病いの体を横たえ、胸の上で手を十字に組んでいた。印象的だったことは進駐軍（アメリカ）のラジオで流している「WVTR」の曲や英語のアナウンスを聴いていたことである。

そんな父だったが、やはり明治男だった。無口で怖い雰囲気を漂わせていた。


（『大森海岸』平成22年）

青岬本土決戦悟りし日

66

昭和20年6月頃になると、ひそかに「日本本土決戦」がささやかれて人々の心は怯えていた。「日本の人口は一億だから一人が一人の敵兵を殺せば日本は負けることはない」と上層部の人がまじめに新聞で語っていた。

そんな空疎な言葉と裏腹に広島・長崎に原爆を落されて日本は全面降服をした。「一人一殺」の現実離れの理論の空疎さは今も政界上層部の意識の根底にある。

（『大森海岸』平成22年）

桐一葉日本銀行老いにけり

67

日本銀行、その権威と重要性は元金融機関で働いていた私にはわかりすぎるほどわかる。

現在はどうだか知らないが、日本銀行による「検査」というものがあった。私もその検査に立ち会った。とにかく「偉い」というのが私の日本銀行に対する印象であった。殿様と百姓、そんな感じであったか。

それほど「偉い人」が勤めている日本銀行の建物の古色蒼然としたたたずまいだが、まさにそれも「日本」の一風景である。

（『大森海岸』平成22年）

進駐軍の尻の大きさ雁渡る

68

敗戦の年の秋からぞくぞくと「進駐軍」が日本に入ってきた。

ピースキャップを伊達に冠って背が高く、ぴったりと身に付いた軍服を着た兵士。仰ぎ見るような恰好の良さがあった。こんな人達と四年戦ったのだ。勝てる筈はないと思った。

あの日から七十余年経った。あの日の進駐軍もすでに幽冥界に居ることだろう。

（『大森海岸』平成22年）

東日本大震災

ランドセルが哀しい春でありにけり

69

東日本大震災のさまざまな場面をテレビで見たが、もっとも胸に沁みたのは、岸の水溜まりに赤いランドセルが浮かんでいた場面である。

赤いランドセルを負っていた女児は助かっているのだろうか。この場面と声をはりあげて母の帰宅を求めている場面とがオーバラップして、今でも涙ぐんでしまう。あのランドセルの「赤」は目に焼きついた赤だった。

（『大森海岸』平成23年）

正眼の父の遺影に雪が降る

70

私は毎朝父母の遺影に熱い茶を捧げている。夕餉の時も同じ熱い茶を捧げている。

父の遺影は只一点を見つめて正視をやめることはない。その正視は、自分の不器用な処世、恵まれずに一生を終るのではないかという口惜しさ、自分への怒り、そうした思いをこめた正視正眼であると思えてならない。

「雪が降る」の措辞は、そんな父への慰霊の「白」でもある。

（『正眼』平成23年）

社会性俳句はいづこ巣箱朽ち

71

昭和30年代に台頭した社会性俳句。金子兜太、沢木欣一、中村草田男等が主流を占めたと言ってよいだろうか。

その社会性俳句も観念・形式が優先され、批評のための批評、そうした脆弱な面が露呈して、牢固とした花鳥風月、写生の存在を前に霧散した感がある。

庶民からの生活者からの社会性俳句を再興できないものであろうか。

（『正眼』平成24年）

日盛りの都庁はやはり居丈高

72

都心に聳え立つ東京都庁、あの辺りを通るとき自分でも理解できない厭な感じを覚える。すこしの謙譲の趣きや哲学もなく、感じるのは権力だけである。
したがって、そこに坐るトップの人も上から見下す人ばかりという感じがする。つまり居丈高なのである。地方から来た人がその都庁を仰ぐときに決して讃えるという気持にならぬ筈である。富と権力、感じるのはその二つであろう。

（『正眼』平成24年）

東北の旅のポスター遠い蟬

73

東日本大震災後、駅などで東北地方の観光ポスター等が貼ってあると安堵した気持で見入っている自分に気づく。
大災害にめげず自分達の町を復興しようとがんばっているんだ、そんな気持で、そのポスターに見入っている。近くで蟬声が湧いたりすると、一層重層的に感銘している私である。蟬声が東北の田園を彷彿とさせるのである。

（『正眼』平成24年）

秋風や征きたる駅は無人駅

74

七十余年前の戦争が、まだそれほど敗色が濃くなかった頃は、出征兵士の旅立ちの駅に幟や小旗を掲げて賑やかに送ったものだった。

それが、敗色が濃くなると防諜の意味もあって人知れず戦地・死地へと赴いたのである。

そんな歴史を記した駅も現在は無人駅となって、ひたすら秋風だけが、その駅を吹き通ってゆく。あの歓声や万歳の声が海鳴りのように耳に残っている。


（『正眼』平成24年）

頑丈な巣箱架けられ北信濃

75

北信濃の巣箱ならば頑丈で南信濃のならば頑丈でないのか、自分で自分を責める意地悪な問いかけをしているが、この点はあくまで言葉の機能に眼目がある。

「北」という言葉は、なぜか物語性を含む。ひらたく言えば「北の港」「北の詩人」などのように「北」のうしろの物語に託しての「北信濃」となる。十七文字しか使えない俳句のレトリックの実践ということである。

（『正眼』平成25年）

仮の世になぜ本気出す花嵐

76

「仮の世」とはすなわち、日本人の宗教観によれば、肉体が酸素を吸って吐いているこの世は仮の世で、肉体が滅んで魂が遊離した「死」の世界が本当の世、勿論十全な書きかたではないが、そのように勝手に解釈をしている。

そんな「仮の世」に、なぜ花嵐は本気・まじめに吹くのだろう。いくらかの厭世観をにじませての、この一句になった。

（『正眼』平成25年）

夏ひえびえいくさの好きな人が居て

77

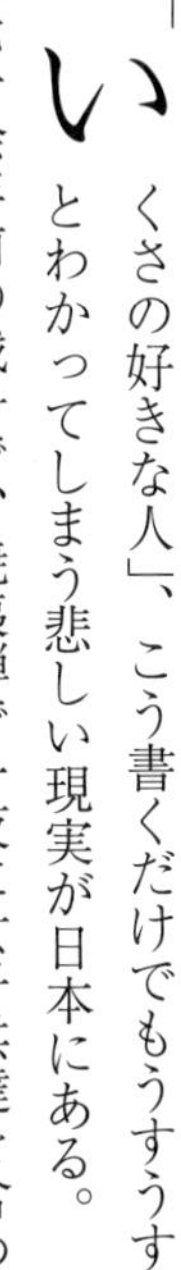

「いくさの好きな人」、こう書くだけでもうすうすとわかってしまう悲しい現実が日本にある。

七十余年前の戦争で、焼夷弾で一夜に女子供達を含めた十万人以上が無惨に焼き殺されたのは「いくさ」によるものである。

人類がもっともしてはいけないこと、それは「戦争」である。

（『正眼』平成25年）

桐一葉基地の広さのただならず

78

こう書いていても私は基地という現実を知らない。つまり、まのあたりにしたことはない、ということである。

それでも「沖縄」の七割が米軍の基地として使われていると言うし、車で基地の回りを走りきることはなかなかないということを聞いている。

まさに「ただならぬ」広さなのであろう。酸素感が圧迫されているといえばよいのだろうか。（『正眼』平成25年）

仮設住宅うづくまりゐて雲は秋

79

東日本大震災の翌年、気仙沼を訪れた。山と山に挟まれたような土地に仮設住宅が、うずくまるように在った。バスの窓から見た一瞬の景は、本当に淋しい感じがした。

人家も店屋も自販機さえ視野に入らなかった。このような淋しい山間で日々を送っているのか。言葉が出ない気持だった。

視線を上げると、すでに秋を思わせる雲がしろじろと漂っていた。

（『正眼』平成25年）

極道と句道と似たるはるがすみ

80

乱暴な表現と思われそうな句である。「俳句道が極道と似ている」と述べた理由は、家庭と家計の二つをかえりみないという点である。

句会や会合を理由として家を空けること、句集出版の決してすくなくない出費、そうした具体的な負担の並大抵ではないこと、それが極道の人の生活ぶりと似ている点を述べた。

（『地平』平成26年）

人のごと終りちかづく野焼の火

81

野焼、その火を実際に見た訳ではない。それなのに、この句を詠んだ端的な理由は、想像上の野焼の火の逞しさによるものである。

怒っているように本気で燃えている火、赤黄色の焔、そしてめらめらと立ち上ってくる焔、それらが人の一生のように終るときがくる。そのことを述べたかった俳句である。

（『地平』平成26年）

あきらめと希望と冬の珈琲館

82

珈琲館と言ってもわが町の「それ」は、店の面積が妙に広く「ほったらかし」の感じの珈琲館だが常に混んでいる。
客層は黙って珈琲を楽しんでいる人、競艇（近所に平和島のレース場があるので）新聞に顔を埋めている人、パソコンで仕事をしている人、と様々である。珈琲は結構おいしい。

（『地平』平成26年）

初句会たたかふ俳句欲しかりき

83

「たたかふ」と書いても、暴力的な「たたかい」ではない。

この世の不当、不条理を詩情をこめて詠み上げた俳句を待っているのだが、毎日送られてくる俳誌の作品を読んでも、まことにのどかな俳句が載せられている。よい意味での「たたかい」「毒気」が欲しい。江戸時代の月並み俳句では、余りにも現代的ではない。

（『地平』平成27年）

冬木立貝になりたい人ばかり

84

昭和30年代と思うが、映画だったかテレビだったか不明だが『私は貝になりたい』というドラマが世に衝撃を与えた。七十余年前の太平洋戦争にかかわるBC級戦犯の悲劇を描いたもので、当時の軍隊内では、上官の命令は天皇の命令でもある。その命により米軍の捕虜を刺殺した罪で絞首刑にされるという悲劇であった。フランキー堺が演じた。そうした不条理を衝く句を詠みたいと思っている。

（『地平』平成27年）

梟や戦中の夜のよみがへる

85

戦中の夜は、東京といえども暗い沈んだ街になっていた。

この句は、まだ大空襲を受ける前の夜だが、やはり戦争・飢などによる暗い暗い夜であった。たしかに梟の声を戦中に聞いている。子供心にも「先」の見えぬ夜であった。

（『地平』平成27年）

錐落ちてわが足を刺す涅槃の日

86

「涅槃の日」は二月十五日「釈尊」が入寂した日である。

その日、机上の仕事が忙しかった。原稿用紙やペン等が机上を占めて、せかせかとペンを進めていた。そのとき、何かのはずみで錐が落ちて、私の足の甲を刺した。ほんの数秒のことだが、涅槃の日と知っていたから「法難」などと大袈裟に思った数秒である。

（『地平』平成27年）

苗木市苗木を励まして通る

87

苗木市や花市は好きで、回り道をしてでも見て歩きたい私である。
　苗木市でもすでに成長している木と、ちいさくてうつむいて、ようやく立っている苗木がある。その苗木にすこしかがんだりして、心の中で励ましてゆくのである。私には、その苗木が、気の弱い子供に見えて仕方がないのである。

（『地平』平成27年）

沖縄忌焼肉店に列ながなが

88

七十余年前の戦争で、軍部が本土上陸されるまでの時間稼ぎのための「最後の砦」としていた「沖縄」が陥ちた。沖縄戦、住民は敵軍だけでなく日本の軍隊によって殺されたケースも多かったと聞く。子供は親の手によって殺され、その親は海に身を投じた。
　そうした悲劇の日が無かったかのように、焼肉店に長い列がつくられている。「焼肉」「沖縄戦」、この併出は病的だろうか。

（『地平』平成27年）

難解句であればよいのか蜘蛛に聞く

89

難解句でも二通りあると思っている。

一読しただけでは、すっと胸に来ないがよく吟味すると言葉のレトリックがほどけるようにしてわかってきて胸にしみこんでくる句と、官僚のような冷たさが立ちはだかってきて、ロボットが詠んだとしか思えない句がある。後者になっては口惜しいから、せめて蜘蛛にでも聞いてみようという句意。凡人の口惜しさとでも言えようか。

（『地平』平成27年）

水貝や朦朧体の句は詠めず

90

毎日仕事をして、多くの俳句に目を通している。この齢に至って、どうしても理解の度を超える俳句に出会う。

句自体に輪郭がなく、かと言って詩でもない。到底理解を超えた線の無い俳句は読むこともできないし理解もできない。

「水貝」は、しっかり在るものとして据えた。

(『地平』平成27年)

特攻の叔父の夢見し暁けの蟬

91

戦中海軍の軍人であった叔父が、ひょっこりと顔を出した。何も言わず只笑顔だけを見せていた。ほぼ三、四日の滞在であったたか。ただほほえんでいるだけの印象だった。「初年兵は地獄の毎日です」その呟き声が耳に残っている。で、学校から帰った日叔父はもう海軍に戻っていた。私の生涯に、あれほど泣いた記憶はない。程なくして叔父の戦死の報が届いた。

（『地平』平成27年）

はるかなり進駐軍といわしぐも

92

昭和20年8月15日すぎの秋の気配を感じはじめた頃ジープに乗った進駐軍が道玄坂を疾走する姿に何回も会った。数日前は敵であったアメリカ兵が日本の焼跡を颯爽と走っている。

十四歳の少年の私にとって、まさにショックだった。道玄坂の上の空は、すでに秋気を告げる雲が浮いていた。あれもこれも「はるかなり」としか表現できない。

（『地平』平成27年）

仏壇に何か倒れて盆終る

93

父も母も茶が好きだった。食糧が乏しい戦中戦後でも、濃いめの茶を目を細めて飲んでいた姿が胸中にある。

だから朝晩に仏壇へ濃いめの茶を欠かしたことがない。考えると父母は零落した暮しの中のひとつの誇りとして茶をたしなむことは忘れなかったのであろう。

某日、仏壇に何か倒れる音がして改めたが異常はなかった。父母はなにか言いたかったのであろうか。

（『地平』平成27年）

爺すでにいくさ知らぬ世稲雀

94

戦争が終ったのは昭和20年、あれから七十余年経っている。当時生まれた人も孫が居てもおかしくない齢となっている。
戦争は遠い語り草となっているかのようだが、現実にそうだろうか。戦争が嫌いではない国のトップが世界に二、三人居る。そんなこんなを考えている。

（『地平』平成27年）

老後とは言葉減りゆく鯛よ

95

わが家族は（今は二人だが）口数がすくない。父母も兄姉もそうだった。

八十代半ばが過ぎると妻も私も、いよいよ口数が減っている。言葉が減ると、誤解が増えて、こんな筈ではなかったと思うほどに暗い日常となっていることに気付く。

蜩が大気の中で鳴き出す。物言わぬ夫婦をあやすようにである。

（『地平』平成27年）

破蓮の破れかぶれのすこしわかる

96

上野の「東天紅」に現代俳句協会の会がある。タクシーが利用できない時は、不忍池をめぐって歩いてゆく。

秋口、不忍池は破蓮に覆われて、それなりの秋を告げている。好き放題に破れている様子で、むしろ「自由」の趣きさえつたわる。あの「自由ぶり」には同感して羨しささえ感じるのだ。

（『地平』平成27年）

十月の磧は石と風ばかり

97

なにやら冥土を想わせ無常感を漂わす内容だが、具体的には句会場へと通う途中の多摩川を詠んだ。

上から見下す多摩川の河原は、そうだったのだからこう詠んだ。

（『地平』平成27年）

冬霧や東京が吐く深吐息

98

世界一、と言ってよい東京に住んでいるが、妙に充実感はない。都心に出ても外資系の店が要所を占めていて、自分の住んでいる都会と実感できない。加えて食品市場をめぐる「いざこざ」、都民としては砂を嚙むような索寞感に襲われている。

東京の吐息の深い霧である。

（『地平』平成27年）

老人に皮膚のごとくに開戦日

99

昭和16年12月8日は、日本が米英等に対して宣戦布告をした日。日本の破滅の始まりの日であった。

私が十歳の時だった。その日、日本は異常な高揚感にひたっていた筈だったが、学校に行っても先生達の引きつったような顔やゆえ知らぬ不安、それらいっさいが、ストップモーションの一齣として胸中に在る。

（『地平』平成27年）

いとほしき雛が居る筈かの巣箱

100

小鳥などの雛は顔を口だらけにして本当に可愛い。あの巣箱にはきっと、あの可愛い雛が居るにちがいない。その思いは今「希望」となっている。その希望を感じるときが幸せといえよう。

（『地平』平成28年）

大切にしたい山河・自分

雁や残るものみな美しき

石田波郷の有名な一句である。

石田波郷が七十余年前、いわゆる赤紙が来て、戦地へ赴くときの気持を詠んだ句と、私は思っている。

「残るもの」、まず家族であろう。父母でも妻でも子でもいい、この世に、これからも生を継いでいく人であろう。

「美しき」は、残る人達への挨拶であり、オマージュであると思っている。みな、心を美しくすこやかに世を生きてくれ、そんな思いが、呟くような声調で詠まれている。遺書のように。

こうオマージュのように詠まなければ、「自分」という存在が、可哀想に思えて仕方がなかったのではなかろうか。

俳句を詠むときに、こうしたよい意味の自尊の心をにじませなくてはならぬであろうと思っている。

「己ありき」、この思いを謙虚に心の隅に置いて、「花鳥風月」を詠む。こうした姿勢でないと、その「花鳥風月」は無味乾燥な写生に終ってしまう。そう思っている。

高浜虚子の、

桐一葉日当りながら落ちにけり

寿命とか持時間とかいった意識を持った高浜虚子という「人間」が詠んでいるから「日当りながら落ちにけり」という落莫無常の写生句が、はじめて説得力を持つことになると思っている。

極端に言えば、今流行りの「人工知能」が俳句の「ノウハウ」を与えられて「名作」を詠んだとしても、所詮機械が詠んだ句、その考えは、絵でも彫刻でも同じことである。

せいぜい八十年か九十年の間、生きていることが許される人間、その人間としてのＤＮＡが見出せない俳句は、ロボットが彫った彫刻のように、ひたすら空しい。

つひに戦死一匹の蟻ゆけどゆけど

加藤楸邨の戦中句。

「つひに戦死」と一種美しく詠まれてはいるけれども、「戦争」があったから殺された、という全身的な口惜しさ・嘆きを一句にしたものである。

この句には、さまざまな思いがふくまれている。

「一匹の蟻ゆけどゆけど」は、無名の庶民の姿を喩えたレトリックだと思っている。働いても働いても戦前戦中の暮らしは、苦しかった。

そんな一市民が、戦争にかり出されて「敵」の弾丸に当って死ぬ。持ってゆきようのない怒りや悲しさが、「一匹の蟻ゆけどゆけど」というモンタージュ詠法で浮かび出ていると思っている。

寒燈の一つ一つよ国敗れ

西東三鬼の昭和二十年作と思われる。

七十余年前の敗戦国日本の落ちぶれた姿を描いている。

「寒燈の一つ一つよ」は、空襲で延焼をまぬかれた家か、焼けトタンでの掘立小屋から洩れるほそぼそした寒燈の光景が、つくづくと敗けた日本ということを暮しを通して痛感させたのである。

俳句を詠むときには、その俳句を通して、作者の人生観、俳句が求めている写生観が満たされているかと再見することが必要となる。

筆者は、たまたま戦争時代が始まった昭和六年（この年に日中戦争の引き金になった満州事変が始まった）に生まれて、それから支那事変（政府はなぜか「戦争」という言葉を避けて「事変」という言葉を使った）、つまり「時代」「世」というのは戦争があってあたりまえであった。「平和」という言葉、概念を理解したのは、日本が世界に向かって、無条件降服を宣言した日からである。

こうして、必然的に戦前、戦中の俳句にこだわるようになった。人事句や写生句又は社会性俳句にもこだわるようになった。

本当にあったことを核にして、そこからさまざまな形の俳句へと派生していく。派生してゆく俳句でも私が必ず問うのは、そこに、人の息使いがつたわるかどうかである。

それでは、単に、人事句を指すのではないかと思われそうだが、それはちがう。先述の石田波郷、高浜虚子、加藤楸邨、西東三鬼の俳句には、それぞれに、人間の呼吸感がある。更に言えば、高浜虚子の、

桐一葉日当りながら落ちにけり

では、私は一葉の「桐」が人間のようにさえ見える。人生的に捉えると「落莫」の感があり、人生の終りが近づいているのに、あかあかと日が当っている。そして、そのままその人の一生が終ってゆく。

「桐一葉」でなくてもいいのである。名もない雑木、その木に縋って生きる花、もっといえば、茄子でも大根でもよいのである。地球上に「成って」いるものは全て「いのち」イコール「人間」と思えば、どんなに平明な俳句でも「いのち」を持った題材になる。

その「いのち」からカメラを引くようにして地球上の全てを見ると、「社会」が現われる。文明の進んだ社会、反対に後れてしまっている社会、そして、幸福度100％の国から、つねに憎み合って戦さの絶えぬ国、そうした雑多な環境を乗せている地球。

そうした地球上で俳人は俳句を詠もうとする。すると、どうにも理解しがたい現実に会うことになる。

現実的に述べると、たとえば、六人に一人は貧困のために満足に食べられぬ児童が居るという日本。仕事のために母親の深夜の帰りをバナナ一本で待っている子供、そうした不公平な世の中に目がゆく。

こうした現実を、俳人は詠むべきではないのか。丁寧に詩的にやさしく。

さて、俳句を詠む上で、大切にしたい、又はしなくてはいけない点を守っている自分の作品を、かえりみる意味で文章を進めてみる。

私の第九句集『地平』から抽いて、考えてみる。

母は父を恐れてゐたり寒椿

この句の場合大切に守らなければならぬのは季語であろう。

季語は単に、季節にかかわったコト・モノではなく、その俳句にそった説得力を持つ季語でなくてはならない。その意味で「寒椿」、椿は、どことなく古風な情趣をたたえている。

父は、私の知る限り決して晩年は恵まれていなかった。それというのも父は短気で、もみ手などをしてまで、上手に世渡をする人ではなかった。母にも私達にもすぐ手を上げた。

そんな父を母は恐れるようにして仕えていた。いわば「明治」時代の夫婦だった。古風な夫婦の形と言ってよかった。そうした夫婦だったが、母は父を尊敬していた、とはっきり言える夫婦だった。そんな夫婦を象徴するのは、「モノ」や「コト」ではない。やはり植物の季語が好ましい。それも日本的ないさぎよい花ということで「寒椿」を添えたのである。

重篤の人の手紙や蚊遣香

この句の大切にした点は、やはり季語、そして切字である。

その人は、これから病いに勝つため近々手術を受けます、という趣きの手紙を私に送ってきた。

便箋に4Bの鉛筆で懸命に書いた字は、左へ左へ流れて書かれてあった。

その筆跡から腕の筋力が萎えてきている様子が読みとれた。それを表す「や」の切字は一拍置いた詠嘆を示す意味で用いた。そして季語の「蚊遣香」、ほそぼそと煙を上げる蚊遣香は、その一巻が燃え尽きると終る。つまり人の命の終りをイメージさせている。

そうした意味での切字の「や」、季語の「蚊遣香」であった大切なポイントである。

残る世をぶれてはならず根深汁

いつだったか「先生の句はぶれていないので感心しています」と言われたことがある。

「ぶれるぶれない」、この言葉は意志という言葉と結びつく。なにか私の俳句は「反骨・洒脱」というレッテルが貼られている。このレッテルは、決して悪くない。だから、そのレッテルに背かぬ俳句を、という思いが胸を占めている。

その意味で、この句の季語の「根深汁」は日本古来の確とした汁物で、まさに動かない。つまり季語を大切に使ったのである。

憲法記念日軍艦を海に置き

この句の大切にしたことは「憲法記念日」。

この句で大切に味わいたい点は、この記念日の元始的な思いである。

日本国憲法は、永遠に戦争をしないという平和憲法である。にも拘らず洋上には、くろぐろとした巨大な軍艦が浮いている。戦争のための軍艦と、平和のための日本国憲法。この巨大な矛盾を詠んでおくことが、大切と思ったのである。

新茶汲む妻との刻は現世のとき

新茶を汲む、ということは生きているからできる仕草である。

その香り、そのカフェインによって、つくづくと「生きているのだ」という実感を持つ。

この句の場合、生きている実感、生あるゆえの法悦に似たひととき、その気持を訴えることが大切であると思っている。

さりげなく山暮れてゐし風の盆

「風の盆」に二回程立ち会っている。
その日、富山の山河は、日暮れが早かったと思う。
山河が暮れてゆく。地元の人々は、私から見れば、かの世の暮れのような暗さを
むしろ愉しみ、待つようにしてしずかに踊り出す。
現世が仮の世、そうした思いがつたわる、この人生観を大切に表現してみたい。
そう思って詠んだ句である。
何を詠んでも「自分・人間」が投影されていなければ単なる報告句となる。そう
した報告句にならぬ「人生観」を大切にしたいと思っている。

初句索引

あ 行

か 行

さ 行

た 行

著者略歴

大牧　広（おおまき・ひろし）

昭和６年東京生。40代より作句を始める。「沖」入会、「沖」新人賞、「沖」賞受賞　第64回現代俳句協会賞受賞　第30回詩歌文学館賞受賞　第4回与謝蕪村賞受賞　第３回俳句四季特別賞受賞　第15回山本健吉賞受賞　句集『父寂び』『某日』『午後』『昭和一桁』『風の突堤』『冬の駅』『大森海岸』『正眼』『地平』
現代俳句協会会員　日本ペンクラブ会員　国際俳句交流協会会員　日本文藝家協会会員

発　行　二〇一七年一〇月二三日　初版発行
著　者　大牧　広　
発行人　山岡喜美子
発行所　ふらんす堂
〒182-0002　東京都調布市仙川町一—一五—三八—2F
TEL（〇三）三三二六—九〇六一　FAX（〇三）三三二六—六九一九
URL　http://furansudo.com/　E-mail　info@furansudo.com
シリーズ自句自解Ⅱベスト100　大牧　広
振　替　〇〇一七〇—一—一八四一七三
装　丁　和　兎
印刷所　㈱日本ハイコム
製本所　三修紙工㈱
定　価＝本体一五〇〇円＋税
ISBN978-4-7814-1012-8 C0095 ¥1500E